LE FAUX INSTINCT

COMEDIE.

Par Monsieur du F* R*

Le prix est de dix-huit sols.

A PARIS,

Chez PIERRE RIBOU, sur le Quay
des Augustins, à la descente du
Pont-Neuf, à l'Image S. Loüis.

M DCC VII.

AVEC PRIVILEGE DU ROY.

ACTEURS.

LE VIEILLARD,
LA FEMME DU VIEILLARD,
LA VEUVE,
LA PETITE FILLE,
ANGELIQUE,
VALERE, Amant d'Angelique.
TOINETTE,
LA MIE DE PARIS,
LE NOURICIER,
LA NOURICE.

LE FAUX INSTINCT.

ACTE I.

SCENE I.

ANGELIQUE, TOINETTE.

Angelique se promene en rêvant, & Toinette revient de la maison du Nourrissier.

TOINETTE.

E ne trouve ici ni la nourrisse ni le nourrissier ni la petite fille, on dit qu'ils vont revenir, les attendrons-nous là dans leur jardin?

ANGELIQUE, *distraite.*

Ouy, Toinette.

TOINETTE.

J'ai dit à l'Hôtellerie qu'on ôta les chevaux du carrosse ; puisque vous avez tant fait que de venir jusqu'à ce village ci au devant de vôtre Oncle , il faut l'y attendre.

ANGELIQUE.

Ouy , Toinette.

TOINETTE.

Il ne sçauroit manquer d'y passer , car il vous a écrit qu'il revient de Lion par la diligence , & c'est ici la derniere dînée de la diligence de Lion , il descendra ici pour voir sa petite fille unique.

ANGELIQUE.

Ouy , Toinette.

TOINETTE.

En attendant nous pourrions dîner , mais les filles qui sont occupées de leur amour ne s'amusent pas à dîner.

ANGELIQUE.

Je regarde cette maison champêtre , elle est située à faire plaisir.

TOINETTE.

Voulez-vous que j'y fasse apporter le dîner.

ANGELIQUE.

On respire ici un air...

TOINETTE.

Un air qui donne de l'aperir.

ANGELIQUE.

Cet endroit solitaire me fait rêver , & ce bois sombre m'inspire je ne sçai quoi.

TOINETTE.

Hé ! je sçai bien quoi , moi ; je me suis

douté que ce lieu-ci vous inspireroit ce que tous les lieux & tous les objets vous inspirent également depuis quelques jours ; hier en regardant par vos fenêtres dans la ruë la plus paſſante de Paris, le bruit des carroſſes, & le tintamare de la ville vous inspiroient une douce & tendre rêverie, comme la solitude la plus tranquile : c'eſt que tout inspire l'amour quand on aime, vous vous imaginiez voir Valere dans tous les carroſſes qui paſſoient, & vous croirez voir Valere au pied de tous les arbres que vous allez trouver dans ce bois.

ANGELIQUE.

Ah Toinette, je suis bien fachée que tu aye raison Comment ferai je donc pour oublier Valere.

TOINETTE.

Vôtre amour me chagrine, car Valere n'eſt pas aſſez riche pour faire vôtre fortune.

ANGELIQUE.

C'eſt moi qui souhaiterois être aſſez riche pour faire la sienne.

TOINETTE.

Vous avez l'un & l'autre plus d'amour que de richeſſes, je vois entre vous & lui une convenance malheureuse : car vous étiez heritiere d'un vieil oncle, Valere étoit heritier d'une tante veuve, vôtre oncle se remarie, sa tante se remarie auſſi, & il leur vient à chacun une petite fille qui vous desherite tous deux : vôtre visionnaire d'oncle appelleroit cela, une fatalité d'Etoile, cela me feroit croire comme lui aux conjonctions d'Astres, un vieillard épouse une jeune femme, une vieille veuve épouse un jeune homme, vous voudriez épouser Valere ? voila deux conjonctions malheureuses, qui en empêchent une heureuse.

ANGELIQUE.

Oüi Toinette, pour oublier Valere, je me servirai de toute ma raison,

TOINETTE.

Et Valere se servira de tout son merite, pour vous faire oublier vôtre raison.

ANGELIQUE.

Je ne le verrai plus Toinette, & quand j'ai sçû qu'il étoit parti pour Lion, je te jure que j'en ai eu . . . . une espece de joye.

TOINETTE.

Aye ... une espece de Joye qui fait soupirer, c'est une espece de chagrin

ANGELIQUE.

C'en est fait, je ne veux plus parler de lui.

TOINETTE.

L'amour n'y perdra rien, plus vous renfermerez en dedans l'idée de Valere, plus elle se fortifiera, & à force de rêver à lui, sans parler, son image se gravera si fortement....

ANGELIQUE.

Que vois-je, Valere à l'entrée de ce bois!

TOINETTE.

Ne vous dis je pas ? c'est son portrait qui se grave dans vôtre cerveau.

ANGELIQUE.

C'est Valere lui même.

TOINETTE.

Ha ha, vous avez raison, sans doute il a

resolu auffi de ne plus parler de vous, car il
y rêve fortement.

SCENE II.

ANGELIQUE, TOINETTE, VALERE.

ANGELIQUE.

Crois-tu qu'il penfe à moi en ce moment?

TOINETTE.

Oüi il grave auffi vôtre portrait dans fa tête.
Ces deux portraits-là vont faire un regard
admirable, mais à propos vous devriez l'éviter, Mademoifelle, il va vous déclarer fon
amour, & s'apercevoir du vôtre, c'eft trop
d'engagemens quand on veut rompre.

VALERE. *aperçoit Angelique & eft furpris.*

Ah Ciel! vous rencontrer ici, Mademoifelle, à huit lieües de Paris, quelle furprife
eft la mienne!

TOINETTE.

N'êtes-vous point venu ici exprés pour
être furpris de l'y trouver.

ANGELIQUE.

Je vous croyois à Lion, Monfieur.

VALERE.

J'en arrive auffi, Mademoifelle, c'en eft

ici la route, & je vais vous conter par quelle
avanture je me trouve ici seul. Je partis il y
a quinze jours pour aller au devant de ma
tante, je l'ai jointe dans Lion à la diligence,
elle y avoit rencontré un vieil extravagant,
qui a une femme assez jolie.

TOINETTE.

C'est vôtre oncle sans doute.

VALERE.

Dés que ce vieillard me vit, il jetta un cri,
fut saisi d'effroi, comme s'il eut vû un spec-
tre, nous le questionâmes sur cette peur, luï
n'osant s'expliquer, nous fit un recit obscur d'un
songe qu'il avoit eu, nous parla de pronostica-
tion, d'instinct, d'antipaties ; mais ce qui merite attention, c'est que ce vieillard superstitieux
crut· avoir vû dans les Astres, que j'étois pas-
sionément amoureux; il croyoit vrai par hazard
Mademoiselle, il s'imaginoit faussement que
sa femme étoit l'objet de ma passion, & que
la connoissant avant son voyage, j'étois allé
l'attendre à Lion, moi fort embarassé de lui
voir faire une fausse application d'un amour
veritable, je voulus joüer le rôle d'indifferent,
mais une rêverie profonde, des distractions
continuelles, quelques soupirs à demi étouffez,
lui confirmant que j'aimois, ses regles d'As-
trologie lui prouverent que sa femme étoit
l'objet de mon amour.

TOINETTE.

Je vois le contraire sans être Astrologue.

VALERE

Enfin Mademoiselle ce visionnaire, ce jaloux, ce brutal, poussa si loin sa jalousie

que je fus obligé par difcretion de ne point
entrer dans le caroffe avec fa femme. J'ai
pris une chaife de pofte pour venir attendre
ici ma tante qui vient avec eux ; en les attendant, Mademoifelle, je m'étois enfoncé
dans ce bois folitaire pour y rêver en liberté,
tout occupé d'une paffion la plus tendre, la
plus vive ...; mais, Mademoifelle, je m'aper-
çois que mon recit vous ennuye.

TOINETTE.

Vous vous trompez, M[r] ce que vous prenez
pour de l'ennuy, ce n'eft qu'un certain embaras.

ANGELIQUE.

Quel embaras donc, es-tu folle ?

TOINETTE.

Ne nous en défendez point, Mlle vous
avez été embaraffée, vous êtes même encore
troublée, décontenancée ; & elle n'a pas tort.
Monfieur, car ce vieillard que vous appellez
vifionnaire, jaloux, brutal ; c'eft juftement
l'oncle de Mademoifelle, voyez fi on peut entendre cela fans fe troubler quand on aime ...
un Oncle.

ANGELIQUE.

Cela eft vrai, Monfieur, & j'avouë que
la contrainte que je me fuis faite en vous écou-
tant, m'a fait une vraye peine.

VALERE.

Pardonnez mon indifcretion, Mademoifelle, qui eut pû deviner que cet homme qui
revient des Indes ....

TOINETTE.

Pour abreger une juftification embaraffan-
te, nous vous laiffons rêver dans ce bois, &

nous allons donner quelqu'ordre à nos gens
qui font à l'hôtellerie.

ANGELIQUE.

Oüi, Monfieur, nous allons tout difpofer
pour l'arrivée de mon oncle.

SCENE III.

VALERE *feul*.

QUe dois-je penfer de l'embaras d'Angelique? mais qu'Angelique m'aime ou non,
je dois éviter de la voir, puifque je ne fuis pas
affez riche pour l'établir comme elle le merite.

SCENE IV.

VALERE, LE NOURICIER, LA NOURICE.

VALERE.

POurquoi faut-il que la fortune... ah!
fortune cruelle!

LE NOURICIER.

Excusez, mon Gentilhomme, si j'interrompons la fortune, si je sçavions la forteune à qui vous en voulez, & que je pussions vous rendre service...

VALERE.

Je vous suis obligé, mes enfans, j'attens ici la diligence de Lion.

SCENE V.

LE NOURICIER, LA NOURICE.

LE NOURICIER.

LA forteune à qui il en veüt, c'est queuque forteune de coche.

LA NOURICE.

Tu es toûjours en humeur de gognarder, nous avons biau avoir du chagrin, tu bois, tu chante, tu vas toûjours ton train, comme si n'y avoit rien à craindre, je suis toute troublée, moi, je voudrois n'avoir jamais nourri les enfans des autres, comment feras-tu asteure vla tout ton esprit à bout.

LE NOURICIER.

Tu as toûjours peur que l'esprit ne me manque, parce que j'ai la mine niaise, depuis dix ans que je suis ton mary, tu ne sçau-

fois t'accoutumer à croire que je ne suis pas
un sot. Ne t'ai je pas montré cent fois que ma
bêtise , c'est de tirer de l'argent de ceux qui
font pu bête que moi.

LA NOURICE.

Tu n'en as que trop tiré avec les deux petites noriſſonnes : car afteure il nous en cuira.

LE NOURICIER.

Mais que n'attends-tu júſqu'au bout , tous
ceux qui ont queuque négoce avec moi, difent au commencement, j'avons à faire à un
benets , queux benets, nous l'atraperons ,
& à lafin ils font bien atrapez de voir que j'ai
dans cette tête-là , tout le contraire de mon vi-
fage, & c'est un trefor qu'une mine de niais
quand on a l'efprit de la mettre à profit.

LA NOURICE.

Tâche-donc de mettre encore à profit ,
tout ce mique maque de nouriſſonnes que tu
m'as fait faire.

LE NOURICIER.

Te fouviens-tu de la Chanſon que nôtre
village fit fur nous deux dans le tems que tu
étois jeune & gentille ?

LA NOURICE.

Il n'est pu tems de chanter.

LE NOURICIER.

Ecoute , écoute , c'est pour te dire que
je mets tout à profit.

CHANSON.

Jean n'eſt pas niais,
Quoiqu'il en ait la mine.

Jean n'est pas niais.

Venez vous cajoler sa belle Maturine,
Il vous laisse avec elle, mais
Jean &c.

Il vous empruntera du vin, de la farine,
Et ne vous les rendra jamais.
Jean &c,

Allez à son scellier, lui demander chopine
Il vous payera pinte, mais
Jean &c.

Par un mauvais marché, qu'en buvant il
machine,
Il vous fera payer les frais.
Jean &c.

LA NOURICE.

Mais puisque tu es si futé, songe donc à quelque rubrique pour mettre eune fin à tout ça, car voila cette petite fille qui grandit, vla le vieux pere & la jeune mere d'un côté, vla la vieille mere & son jeune mary de l'autre, ils vont bientôt revenir tretous de leux voyages, que leur diras-tu sur leux enfans?

LE NOURICIER.

Tout ce qui me viendra quand je les verrai venus, quand on me baillit l'office d'haranguer le Seigneur du vilage, je fis la harangue sur le champs, & si je ne fis rien qui vaille,

LA NOURICE.

Ca va donc voir à cette Hôtellerie s'il n'y

a point de nouvelles, on m'a dit que la mie
Toinette est venue de Paris pour voir la petite fille, cette petite fille va lui faire des ques-
tions comme l'autre voyage, elle pensa tout
découvrir.

LE NOURICIER.

La langue de ste petite fille-là a ben pro-
fité depuis trois mois, si al croît comme ça
en babil encore eun an, alle sera femme devant que d'être grand fille.

LA NOURICE.

Va donc vîte à cette Hôtellerie.

LE NOURICIER.

Oüi oüi, mais vla ste petite fille levée,
fais-lui un peu sa leçon avant qu'elle voye
sa mie.

SCENE VI.

LA NOURICE, LA PETITE FILLE.

LA PETITE FILLE.

Que me voila aise ! que me voila aise !

LA NOURICE.

La petite étourdie ? faut-il courir comme
cela?

LA PETITE FILLE.

LA PETITE FILLE.

Ha ma mere Nourisse, que je suis aise, ma mie Toinette va venir bientôt, mon autre mie viendra aussi bientôt, & elles me donneront toutes les deux trés-bien de bonnes choses; voyez si je ne suis pas ben aise ben aise bien aise bien aise.

LA NOURICE.

Oui, mais si vous parlez de vôtre mie Toinette à vôtre autre mie, elles ne vous donneront plus rien ni l'eune ni l'autre, ni l'eune ni l'autre ne vous donneront rien, je vous l'ai déja dit.

LA PETITE FILLE.

Hô je sçai bien; je ne dirai rien que bon jou ma mie, & puis comment vous portez-vous, & puis comment se porte mon papa, que je n'ai jamais vû, & puis comment se porte maman qui est bien loin, & puis mon autre papa, & puis

LA NOURICE.

Et puis, epuis, voilà-t-il pas la langue, je vous ay défendu de leur parler de papa ni de maman, car vous êtes une petite bête la dessus, & vous ne voulez pas me croire quand je vous dis que vous n'avez qu'un papa & qu'une maman.

LA PETITE FILLE.

Et moi je vous dis que j'ai trois Papas, tenez je m'en vas vous les compter avec mes doigts, mon papa nourissier & un.

LA NOURICE.

Il ne faut pas compter celui-là.

B

LA PETITE FILLE.

Hé bien , mais quand ma mie Toinette
vient, elle me dit que mon papa eft bien vieux
bien vieux , quand l'autre mie vient , elle me
dit que mon papa eft bien jeune bien jeune ,
hô un vieux & un jeune ce n'eft pas tout de
même , c'eft donc deux Papas que j'ai.

LA NOURICE.

Hô je vous défens de jamais parler de
tout cela , mais voilà cette autre mie , il faut
la renvoyer avant que vôtre mie Toinette
vienne , fouvenez-vous bien que fi celle-ci fa-
voit que vous avez une autre mie , elle ne vous
donneroit plus rien.

SCENE VII.

LA NOURICE, LA PETITE FILLE, LA MIE DE PARIS.

LA MIE.

Bon jour nourice, bon jour.

LA NOURICE.

Hé bon jour , Madame , c'eft une merveille
de vous voir ici , car vous n'y venez que deux
ou trois fois l'année. Mais qu'avez-vous donc,
vous êtes toute trifte.

LA MIE DE PARIS.

Helas je vous apporte une mauvaise nouvelle, le pere de Charlotte est mort.

LA NOURICE.

Son pere est mort !

LA MIE DE PARIS.

J'en ai reçû la nouvelle à Paris la semaine
passée.   Le pauvre homme je l'avois élevé
comme vous élevez sa petite fille , helas quand
il partit pour le Languedoc , il croyoit revenir six mois aprés , il y a demeuré quatre
ans & le voila mort ; mais n'en parlons plus ,
cela m'afflige trop. Ca Nourice je vous apporte soixante francs pour un quartier de la
pension de Charlotte , où est vôtre mari pour
me faire une quittance ?

LA NOURICE.

Il est à quatre pas d'ici , je vais le chercher,

LA MIE.

Allez vîte , car nôtre veuve doit arriver
ce soir à Paris , il faut que je m'y en retour-
ne au plus vîte.

SCENE VIII.

LA PETITE FILLE , LA MIE.

LA PETITE FILLE.

Ne m'avez-vous rien apporté ma mie?

LA MIE.

Voici déja une boête de dragées, & j'ai
encore ici dans ma poche.

LA PETITE FILLE.

Donnez-moi encore la poche.

LA MIE *regardant.*

Qui est cette fille qui vient à nous?

LA PETITE FILLE. *à part.*

Ha c'est mon autre mie, elles ne me donneront pû rien tout deux.

LA MIE.

Sçavez-vous qui est cette fille-là?

LA PETITE FILLE.

Ce n'est Personne, donnez-moi vîte tout.

SCENE IX.

LA MIE, LA PETITE FILLE, TOINETTE.

TOINETTE.

HE voila Charlotte, bon jour ma chere enfant. Pourquoi ne me sautes tu donc pas au col comme à l'ordinaire?

LA PETITE FILLE.

C'est que...

LA MIE.

Vous venez donc quelquefois la voir, Mademoiselle?

TOINETTE.

Ouy, Madame, je suis vôtre servante très humble.

LA MIE.

Je suis la vôtre, Mademoiselle.

TOINETTE.

Mais qu'est-ce que tu as donc, Charlotte?

LA PETITE FILLE.

Je n'ai rien... mais c'est que... tenez je m'en vas dire à ma mere nourice que vous êtes là toutes deux tout à la fois.

SCENE X.

LA MIE, TOINETTE.

LA MIE.

Vous me paroiſſez avoir de l'amitié pour cette petite fille-là, vous êtes de Paris aparemment, comment la connoiſſez-vous?

TOINETTE.

Comment je la connois, Madame! hé c'eſt moi qui en prens ſoin.

LA MIE.

Vous, Mademoiſelle!

TOINETTE.

Moi-même, Madame, je lui tiens lieu de mere, & ſi ma reputation de fille n'étoit bien établie, on me prendroit ici pour ſa mere veritable, car on n'y en a jamais vû d'autre que moi.

LA MIE.

Ce diſcours m'étonne, car c'eſt moi-même qui lui tiens lieu de mere, depuis que nous l'avons miſe ici en nourice.

TOINETTE.

Vous voulez rire, & vous avez trouvé vôtre nieuſe.

LA MIE.

Je n'ai pas envie de rire, je suis trop af-
fligée de la mort de son pere.

TOINETTE.

Cette mort-là est pourtant une mort pour
rire, car il m'écrivit hier, & dans sa lettre il
ne me parle point de sa mort.

LA MIE.

Laissons la plaisanterie, il y a un mois qu'il
est mort.

TOINETTE.

Cela ne se peut, car j'ai reçû hier une
lettre écrite de sa propre main, de sa main
tremblante, car depuis qu'à soixante-quinze
ans il a épousé une jeune femme, la main lui
tremble & la tête aussi.

LA MIE.

Je vois bien que vous ne connoissez ni le
pere ni la mere de Charlotte, car feu son pere
n'avoit que trente ans quand je lui fis épouser
une riche veuve qui en avoit cinquante.

TOINETTE.

Je ne connois point ce jeune épouseur de
veuves, mais vous connoissez encore moins le
pere de Charlotte qui est un vieux négociant
chargé de biens & d'années qui s'est tourmen-
té pendant quatre-vingts ans pour vivre à son
aise jusqu'à cent cinquante.

LA MIE.

Il y a du mal entendu à tout ceci, mais
Mademoiselle, ne prenez-vous point cette petite fille là pour une autre.

TOINETTE.

Comment m'y méprendrois-je, je l'ai vû
naître.

LA MIE.

Mais vrayement c'eſt moi qui l'ai vû naître, & nous la donnâmes à cette nourice-ci,
parce que nôtre veuve emmena ſon jeune mari en Languedoc pour ſes affaires.

TOINETTE.

L'avanture commence à me réjoüir, car
c'eſt moi-même qui ai donné cet enfant à la
nourice, quand ſon pere partit il y a quatre
ans pour aller faire encore une promenade aux
Indes, & il y emmena ſa jeune femme parce
qu'il eſt jaloux.

LA MIE.

Oüais, il y a ici quelque friponnerie de nourice.

TOINETTE.

Ouy, quelque qui pro quo d'enfant; & ſi ce
qui me vient en penſée eſt vrai, le tour eſt aſſez plaiſant.

LA MIE.

Le nouriſſier vient, il ſera bien étourdi de
nous voir là toutes deux, nous l'allons con-
fondre.

SCENE XI.

LA MIE, LE NOURICIER, TOINETTE.

LE NOURICIER.

BOn jour, Madame, bon jour Mademoiselle, je suis bien aise de voir la bonne rencontre, car vous voilà toutes deux ensemble, & vous ne vous étiez jamais vuës, n'est-ce pas ?

LA MIE.

Hé le bon Calin, on ne diroit pas qu'il y touche.

TOINETTE.

Il est bon homme, il nous va dire la verité.

LA MIE.

Répondez-moi, Monsieur le nourissier, quand je vins ici il y a quatre ans, trois mois aprés que nous eûmes donné à vôtre femme l'enfant à nourir, vous me fîtes voir une petite fille qui venoit d'avoir la petite verole.

TOINETTE.

Environ ce tems-là vous m'en fîtes voir une aussi qui en étoit toute marquée.

LA MIE.

C'est à dire que des deux enfans qui l'avoient euë, il en étoit mort une.

LE NOURICIER.
En bonne verité Madame vous l'avez deviné.

TOINETTE.
Je suis au fait, je vois que depuis quatre ans il nous fait croire à chacune en particulier que celle qui reste est la nôtre.

LE NOURICIER.
Vous avez deviné aussi vous.

LA MIE.
Et par cette supofition, vous avez tiré de nous deux double penfion.

LE NOURICIER.
Il faut que vous soyez forciere toutes deux pour deviner cela.

TOINETTE.
Mais dittes-nous du moins à qui appartient celle qui reste.

LE NOURICIER.
O devinez, vous devinez tout.

LA MIE.
Eft-ce la nôtre qui eft morte.

LE NOURICIER.
O c'eft un fecret que je ne peus pas dire qu'aux peres & aux meres eux-mêmes.

LA MIE.
Je vois bien que nous ne tirerons pas un mot de verité de ce malheureux la. Je remonte en caroffe à l'inftant, je m'en vais à Paris confulter quelqu'un fur cette affaire ci, jufqu'au revoir Monfieur le fripon.

LE NOURICIER.
Laiffez-moi donc l'argent de la penfion.

LA MIE.
Voyez l'éfronté aprés avoir tiré double
entretien d'un même enfant

TOINETTE.
Ce n'eſt pas le premier enfant qu'on fait
entretenir à pluſieurs Peres.

S C E N E XII.

LE NOURICIER, TOINETTE.

TOINETTE.

TU es de mes amis, Nouricier, dis-moi
donc en particulier à qui eſt la petite
fille reſtante.

LE NOURICIER.
En conſcience je n'en ſçai rien, ni la Nourice non plus.

TOINETTE.
Hé qui diantre le ſçaura donc

LE NOURICIER.
Je vas vous dire l'hiſtoire, mais avou
queuque interêt pour qual ſoit putôt à cetuy-
ſey qu'à cetui-la.

TOINETTE.
Ouy vrayment & je donnerois toutes cho-

ſes au monde pour qu'elle fut à la Veuve : car ma jeune Maîtreſſe auroit beſoin pour ſe marier, d'heriter de ſon oncle, elle ſeroit ſon heritiere unique s'il n'avoit point cette petite fille cy.

LE NOURICIER

Ecoutez, Mademoiſelle Toinette., baillez-moi vôtre protection la dedans & je verrons enſemble le bien qui nous en reviendra.

SCENE XIII.

LE NOURICIER, ANGELIQUE, LA NOURICE.

LA NOURICE. *bas au Nouricier.*

Tout eſt perdu mon pauvre mari.

LE NOURICIER.

Tu peux parler haut, j'ai bouté Mademoiſelle Toinette dans ma confidence.

LA NOURICE.

Tout eſt perdu ma bonne Mademoiſelle Toinette.

TOINETTE.

Qu'eſt-ce qu'il y a donc?

LA NOURICE.

LA NOURICE.

Il semble que le demon se déchaîne aujourd'huy pour amener ici tous les peres &
meres, en vla tout plein la diligence de Lyon.

LE NOURICIER.

Cela est fâcheux, mais cela est drole.

LA NOURICE.

Comment diable se sont-ils trouvez là tre?
tous ensemble.

TOINETTE.

Nos gens venoient de Marseille, & la veuve
du Languedoc; ils se sont rencontrez à Lion.

LA NOURICE.

En vla déja qui viennent.

TOINETTE.

C'est la femme du vieil Oncle. Angelique
est avec elle, que leur dirons-nous.

LE NOURICIER.

Fame, va-t en vite enfermer la petite fille
dans nôtre autre maison, qui est au bout du
jardin.... va donc vite, cours.

TOINETTE.

Tu as raison, cela nous donnera le tems de
chercher un expedient.

SCENE XIV.

LE NOURICIER , TOINETTE , LA FEMME DU VIELLARD.

TOINETTE *l'embraſſant.*

HE ! Madame , que j'ai de joie de vous
revoir aprés un voyage de quatre ans.
LA FEMME DU VIEILLARD.
Bon jour Toinette , bon jour , nous avons
tous grande impatience de voir les deux petites filles.

TOINETTE.
j'en demandois des nouvelles au Nouricier.
LE NOURICIER.
Ma femme les eſt alé querir à un Château
d'ici aux environs , c'eſt que l'y a une Dame
qui nous les emprunte quelquefois pour joüer
avec.

TOINETTE *au Nouricier.*
Fort bien , je ne les ai point vûës de ce voya-
ge-ci.
LA FEMME DU VIELLARD.
Il faut vous avertir Nouricier d'une gageure , que mon mari vient de faire contre une
veuve , qui eſt mere de l'autre petite fille , que

vous avez ici avec la nôtre.

TOINETTE.

Hé ! quelle gageure, Madame,

LA FEMME DU VIEILLARD.

Je vais vous conter le fait. Mon mari &
moi sommes venus de Marseille par Lion, cette veuve vient du Languedoc, le hazard nous
a rassemblez à la diligence. Comme on ne sçait
de quoi s'entretenir dans ces voitures, aprés
nous être raconté l'histoire de nos familles,
nous avons reconnu que nos deux petites filles
avoient été nouries par cette même Nourice-
ci ; mon mari, comme tu sçai est entêté de ses
idées de simpatie, d'instinct, la veuve est en-
têtée des mêmes visions; ils veulent par l'instinct seul distinguer chacun leur enfant, c'est
une gageure enfin, ils veulent que sans les avertir, on leur fasse voir les deux petites filles toutes deux ensemble.

LE NOURICIER. *bas à Toinette.*

Toutes deux ensemble, Madame Toinette.

TOINETTE.

Vous faites bien de nous avertir, je vais
disposer tout pour la gageure, entrez dans la
sale du Nouricier

LA FEMME DU VIELLARD.

Entrons, ma chere niece, entrons.

ANGELIQUE *à Toinette bas.*

Je suis au desespoir, Toinette, Valere a pa-
ru là, & ma tante s'est apperçûë qu'il m'aime.

TOINETTE.

Nous parlerons de cela tantôt, entrez.

SCENE XV.

LE NOURICIER, TOINETTE.

LE NOURICIER.

Toutes deux ensemble, Madame Toinette.

TOINETTE.

Quand il n'y en a qu'une, la gageure m'embarasse. Mais allons voir avec la Nourice, quel tour nous donnerons à cette affaire ci.

ACTE II.

SCENE PREMIERE.

LE NOURICIER, TOINETTE.

LE NOURICIER.

V La l'histoire, Mademoiselle Toinette ; vla l'histoire des deux petites filles, & cette histoire là fait que ma femme ni moi ne sçavons pu à qui appartient celle-ci ; nôtre Bailli dit li-même qu'il ne pourroit baillé là dessus qu'une Sentence à croix ou pile, & qu'il faudroit tirer la petite fille, comme la féve au gâteau.

TOINETTE.

Cette féve tombera à la veuve, si tu veux faire ce que je t'ai dit ; & je rendrai par là Angelique heritiere de son oncle.

LE NOURICIER.

Je ferai tout, par amitié, pour vous, en cas que j'y trouve mon compte.

TOINETTE.

Tu l'y trouveras : mais pour arriver à nôtre but , il faut d'abord leur dire , à tous également , que les deux petites filles font mortes.

LA NOURICE

Toutes les deux mortes , c'eſt mon avis , je
m'en vas donc leur dire la parole.

TOINETTE.

Attend , il faut que ce foit ta femme ; elle
donnera mieux le ton à cette nouvelle affli-
geante , une femme a la feinte & les larmes
plus en main , qu'un homme.

LE NOURICIER.

O ma femme pleure comme eune peinture.

TOINETTE.

Moi pour confirmer cette nouvelle au vieillard fuperftitieux , je le prendrai par fon foi-
ble ; je lui dirai que fon enfant ne pouvoit pas
vivre , qu'il étoit né pendant l'éclipfe ; il croit
tout ce qu'on lui dit fur ce ton là. Il crut être
mort une fois, parce qu'il avoit été le treiziéme
à table , & il foubçonna un jour fa femme d'in-
fidelité, parce qu'il avoit renverfé la faliere, &
qu'en rentrant chez lui , il avoit vû le croiſ-
fant à gauche.

LE NOURICIER.

Bon bon , je lui dirai , que nôtre Berger
avoit enforcelé le lait de la Nourice , & qu'il
avoit dit des paroles venimeufes fur le mou-
ton , d'où venoit la laine du maillot de l'enfant.

TOINETTE.

Voici le Vieillard avec la Veuve , je vais
inftruire ta femme , dis-leur feulement

bon jour d'un air triste pour les préparer.

SCENE II.

LE NOURICIER, LE VEUF, LA VEUVE,

LE NOURICIER.

BOnjour, Monsieur, bonjour, Madame;
LE VIEILLARD.
Vous êtes le Nouricier aparemment?
LE NOURICIER.
Helas oui, Monsieur, si vous l'avez pour
agreable? Hé vous êtes le mari de Madame?
Hé Madame est vôtre femme? Est-ce vous,
Madame, qu'on dit qui êtes veuve?
LE VIEILLARD.
Si elle étoit ma femme & veuve, je serois
donc mort; peste soit du sot.
LE NOURICIER.
Je vous demande excuse, c'est que j'ai
l'entendement triste.
LE VIEILLARD.
Le benets!
LE NOURICIER.
Ma fame va vous parler, car a n'est pas si
beneft que moi.

SCENE III.

LE VIEILLARD, LA VEUVE,

LE VIEILLARD.

CE miſerable , me venir dire , comme ſi j'étois mort, cela m'a frapé , il ne faut qu'un mot pour porter malheur ; il y a comme cela des pronoſtics , ce coquin-là vous prendre pour ma veuve.

LA VEUVE.

Cela m'a auſſi bleſſé , car le mot de veuve eſt un coup de poignard pour moi depuis la mort de mon mari.

LE VIEILLARD

Cà , Madame, il faut attendre ici qu'on nous amene les deux enfans enſemble , ſans nous les diſtinguer.

LA VEUVE.

Ouy, Monſieur, afin que nous les diſtinguions par l'inſtinct ſeul.

LE VIEILLARD.

O je gagnerai la gageure , car j'ai un inſtinct infaillible.

LA VEUVE.

Le mien me feroit diſcerner entre mille perſonnes inconnuës, non ſeulement un en-

fant , mais un cousin , un petit cousin au dixiéme degré.

LE VIEILLARD.

C'est un instinct ordinaire ; mais le mien me
fait aimer ou hair par avance ceux qui sont
destinez à me faire du bien ou du mal.

LA VEUVE.

Cela est tout naturel , & dés l'âge de quatre ans , j'ai eû de l'antipatie pour le Medecin
qui devoit faire mourir mon mari.

LE VIEILLARD.

Cela est tout commun cela , mais ce qui
vous étonnera , c'est que je vois en rêve tous
les lundis ce qui me doit arriver pendant la semaine.

LA VEUVE.

Cela ne m'étonne point , mais ce qui va
vous surprendre , c'est une de mes cousines ,
qui mourut paralitique à Paris , j'étois à Lion,
à mesure que la paralisie lui faisoit mourir un
bras , le mien s'engourdissoit : voilà sa jambe
morte , la mienne est froide comme marbre ,
& j'ai verifié minute pour minute , qu'il me
prit un évanouissement dans l'instant qu'elle
expira.

LE VIEILLARD.

C'est une chose triviale , que la simpatie ,
un de mes amis se maria à Paris , & moi étant
aux Indes , au moment de son mariage , je sen-
tis dans le cœur , un épanouissement , une joye,
mais une joye que je ne sçavois pas d'où cela
me venoit.

LA VEUVE.

Rien n'est plus ordinaire ; mais ce qui est

singulier , c'est qu'à l'instant qu'il meure
une personne dans le monde , tous ceux qui
sont nez sous la même planete , sentent quelque chose , on n'y fait pas d'attention , parce
que cela est imperceptible , mais cela est pourtant vrai.

LE VIEILLARD.

Mais ce qui vient de nous arriver à tous
deux n'est-il pas visible.

LA VEUVE.

Plus que visible , palpable ; car on vient de
nous dire ici , que nos deux petites filles sont
dans ce Château où nous venons de passer.

LE VIEILLARD.

Hebien ouy , nous y passons sans le sçavoir,
& cependant j'ai senti une émotion.

LA VEUVE.

C'est moi qui vous ai dit la premiere , que
le cœur me palpitoit.

LE VIEILLARD.

J'ai senti tressaillir mes entrailles paternel-
les.

LA VEUVE.

Les entrailles maternelles sont plus sensi-
bles. Helas il y a double simpatie entre ma petite fille & moi ; c'est mon mari que j'aime
dans sa fille , je l'aimerai encore dans la fille
de sa fille , & dans les enfans de leurs enfans,
jusqu'à la dixiéme generation.

LE VIEILLARD.

Non , cela ne passe pas la septiéme , le nom-
bre de sept est climaterique , tout change dans
la nature de sept ans en sept ans.

LA VEUVE.

J'entends quelqu'un.

LE VIEILLARD,

Ce sont nos petites filles , car ma tendresse...

LA VEUVE.

Ne les regardez pas , il faut deviner par la simpatie seule.

***

SCENE IV.

LE VIEILLARD , LA VEUVE, TOINETTE, LA NOURICE.

Chacune un mouchoir à la main, feignans de pleurer.

LE VIEILLARD.

Ouy sans que les yeux s'en mêlent.

LA VEUVE.

Nous distinguerons par les simples mouvemens du cœur.

LE VIEILLARD.

Elles sont proches de nous, car je commence à sentir un petit fremissement agreable.

LA VEUVE

Mon cœur palpite , & le plaisir...

LE VIEILLARD.

Ouy , le plaisir fait que les jambes me tremblent.

LE FAUX INSTINCT.

LA VEUVE.

Les larmes de tendresse , les larmes de joye me viennent aux yeux.

TOINETTE.

Vous vous trompez , Madame , ce sont des larmes de tristesse.

LE VIEILLARD.

Qui a-t-il donc ?

LA VEUVE.

Qu'avez-vous à pleurer ?

TOINETTE.

La Nourice n'a osé vous dire à vôtre arrivée . . .

LA NOURICE.

Il ne faut pu barguigner , vos deux petites Elles sont mortes.

LA VEUVE.

Elles sont mortes !

LE VIEILLARD.

Ah ! ciel . . .

LA NOURICE.

Vous n'avez plus d'enfans tous deux.

LA VEUVE.

Helas , j'en eus hier un présentiment !

LE VIEILLARD.

Voilà justement une dent qui me tomba l'autre jour.

TOINETTE.

C'étoit en rêve apparemment.

LE VIEILLARD *s'en allant.*

Je suis né sous une étoile bien malheureuse.

LA VEUVE.

Je ne puis suporter ma douleur ; je vais me reposer ou plutôt m'évanouir là-dedans.

TOINETTE

TOINETTE.

Nourice allez aider à Madame à s'éva-
noüir.

S C E N E V.

TOINETTE, LE NOURICIER.

TOINETTE.

CEla commence à merveille, il faut con-
tinuer.

LE NOURICIER.

Quous avez d'esprit Mademoiselle Toinette, je suis tout hébay quous ayez pu d'esprit que moi, & si vous n'avez pas la mine
si niaise.

TOINETTE.

Ca voila donc nôtre vieillard persuadé qu'il
n'a plus d'enfant, il faut tirer secrettement
de l'argent de la veuve comme je t'ai dit.

LE NOURICIER.

Oüi quand j'aurai baillé à la sourdine l'enfant à la veuve avec ces brinborions de papiers que je vous ai dit, on ne pourra pu
l'y ôter.

D

TOINETTE.

Non sans doute, mais il ne faut pas que
le vieillard sache cela d'icy à quelques jours.

LE NOURICIER.

Ca je m'en vas vîte querir les deux papiers pour negocier tout ça avec la veuve.

SCENE VI.

TOINETTE *seule.*

JE fais reflexion qu'il faut rendre service
à Angelique sans l'en avertir : Car je desherite Valere par ce manege cy, & l'amour
d'Angelique pour luy. Il faut que je la gue-
risse de cette amour-là

SCENE VII.

TOINETTE, ANGELIQUE,

ANGELIQUE.

AH Toinette je te cherchois pour me ré-joüir avec toy en liberté, ma joye n'est point interessée, & c'est le plaisir seul de voir Valere esperer de grands biens, j'en es-pere encore de plus grands, & je puis apresent aimer Valere sans crainte.

SCENE VIII.

TOINETTE, ANGELIQUE, VALERE.

VALERE.

Quelle agréable nouvelle, ah belle Angelique vous me voyez comblé de joye, tranſporté....

SCENE IX.

TOINETTE, ANGELIQUE, VALERE, LA FEMME DU VIEILLARD.

ANGELIQUE.

Votre joye eſt raiſonnable, vous voila heritier.

VALERE.

Hé c'est de vôtre bonheur seul que je suis transporté.

ANGELIQUE.

C'est le vôtre seul aussi que j'envisage.

VALERE.

Voir ce qu'on aime heureux.

ANGELIQUE.

Voir le merite heureux.

VALERE.

C'est un plaisir si vif

ANGELIQUE.

C'est un plaisir pour moi,

VALERE.

Ah si mon amour !

ANGELIQUE *Toinette la tire.*

Oüi vous meritez.

VALERE.

Vous approuvez donc cette amour.

ANGELIQUE *Toinette la tire fort.*

Je ne vous dis pas ...

TOINETTE.

Je vous dis moi que vous moderiez tous deux la joye que vous avez d'heriter, allez consoler un oncle & une tante qui pleurent apresent de ce qui vous rejoüit.

LA FEMME DU VIELLARD

Quoique je n'aye point vû ma petite fille depuis le tems de sa naissance, je ne laisse pas d'être fachée de sa mort, mais je ne veux pas exiger d'Angelique qu'elle parroisse triste d'une chose qui doit la réjoüir.

ANGELIQUE.

Madame,

LA FEMME DU VIELLARD.

Point de complimens, nous nous aimons
trop vous & moi pour nous dissimuler nos
sentimens l'une à l'autre, & je me suis aper-
çuë que Valere vous aime assez pour n'être
pas fâché de vous offrir les esperances de la
succession d'une tante.

VALERE.

Madame.

LA FEMME DU VIEILLARD.

Ah je vous impose silence aussi-bien qu'à
elle, je n'aime point à entendre dire des choses qu'on ne pense point, & pour vous dire
en un mot mes sentimens, je me console
contre mes propres interêts de n'avoir plus
d'enfant, puisque cela peut faire le bonheur
d'Angelique que j'aime.

TOINETTE.

Separez vous, vôtre jaloux pourroit vous
écouter.

SCENE X.

TOINETTE, LE NOURICIER.

LE NOURICIER.

V La les deux papiers, Mademoiselle
Toinette, j'en ai deux pour les deux

petites filles, j'en brulerai un & je donnerai
l'autre à la veuve, pour que...

SCENE XI.

TOINETTE, LE NOURICIER, LA VEUVE.

TOINETTE.

Elle vient, acheve ce que tu as com-
mençé, moy je vais difpofer nos gens à
partir fans aprofondir l'affaire.

SCENE XII.

LE NOURICIER, LA VEUVE,

LA VEUVE.

Vous m'abandonnez bien vous autres, &
depuis le coup mortel que vous m'a-

vez porté, vous deviez bien me venir parler de la petite défunte, & me conter toutes les circonstances de sa mort pour me consoler.

LE NOURICIER.
Vous êtes donc bien fâchée, Madame, d'être comme ça orpheline d'eune fille unique.

LA VEUVE.
Je donnerois la moitié de mon bien, pour lui rendre la vie.

LE NOURICIER.
Comment ferions nous pour ça, tenez, Madame, si vous pouviais ne dire mot & faire semblant de rien, je vous dirais queuque chose.

LA VEUVE.
Que me dirois-tu?

LE NOURICIER.
Queuque chose qui vous feroit ben aise, mais soyez donc ben aise tout bas, car quand les femmes sont ben aise ou bien faché, a glapissons.

LA VEUVE.
Parle vîte.

LE NOURICIER.
Et il ne faut pas que ces autres peres & meres sçachent ce quou sçaurais, ça fait que nous avons dit tout haut que les deux petites filles sont mortes, & li an a encore eune en vie, qui est si gentille, que c'est vous toute moulée.

LA VEUVE.
Ah c'est la mienne sans doute.

LE NOURICIER.
Paix donc, car si ce vieux homme sça

voir. ça il en voudroit avoir ſa part.

LA VEUVE.

Ah fais la moi voir, j'en meure d'impatience.

LE NOURICIER.

Patience, je l'ai ſerrée queuque part, mais
je ne veux pas l'aveindre tant que ces autres
ſoient en allez

LA VEUVE.

On leur a ammené un caroſſe, je pourrai
reſter ici aprés eux, & j'emmenerai ma
fille, ma chere fille, le gage precieux d'un
mary que j'aimois tant.

LE NOURICIER.

Al eſt à vous, ni a qua voir ce que vous
y voulez mettre.

LA VEUVE.

Je te recompenſerai liberallement.

SCENE XIII.

LE NOURICIER, LA VEUVE, LE VIEILLARD, LA FEMME DU VIEILLARD.

LE VIEILLARD.

JE veux m'emporter, ma femme, je veux me mettre en colere, ces canailles, ces miserables, me dire que ma petite fille est morte, & je la viens de voir à une fenêtre au bout du jardin, ils l'ont enfermée dans une chambre pour me la cacher.

LA VEUVE.

Vous vous trompez sans doute, ces gens-cy sont de bonnes gens qui n'y entendent point finesse.

LE VIEILLARD.

Je vois que vous y entendez finesse vous Madame, puisque vous les soutenez, ils l'ont caché sans doute, pour vous la donner à mon préjudice, cela est bien mal-honnête de vous aproprier mon enfant.

LA VEUVE.

Puisque vous le prenez sur ce ton là, Monsieur, l'enfant est à moi, ces gens-ci en

rendront témoignage.
LE VIEILLARD.
Vous avez gagné les témoins.
LA VEUVE.
Si je manquois de témoins, vôtre âge témoigneroit contre vous.
LE VIEILLARD.
Pour qu'on put croire un enfant à vous, il faudroit qu'il eut quinze ans.
LA VEUVE.
Il vous sied bien de reprocher l'âge.
LE VIEILLARD.
Vous voulez avoir un enfant pour vous faire honneur.
LA VEUVE.
Vous auriez beau en avoir, ils ne vous feroient point honneur, car on ne croiroit pas...
LA FEMME DU VIEILLARD.
Je vous prie Madame, de m'épargner dans vos invectives.
LA VEUVE.
Je n'ai point dessein de vous offenser, Madame, mais croyez-moi, vous devez me ceder la petite-fille, car pour vôtre honneur aussi, vous ne devez point avoir d'enfant avec un mari de cet âge-là.
LE VIEILLARD.
Morbleu Madame...
LA FEMME DU VIEILLARD.
Moderez-vous, Monsieur, & vous, Madame, tâchons plûtôt de tirer de cet homme-cy des éclaircissemens.

LA VEUVE.

Madame a raiſon, car nous ne devons
point ſouhaiter l'enfant d'autrui , dites la
choſe comme vous la ſçavez Nouricier.

LE VIEILLARD.

Parle-donc miſerable, parle, cet enfant
là n'eſt-il pas à moi, hen.

LE NOURICIER.

Oüi Monſieur.

LA VEUVE.

Comment donc malheureux?

LE NOURICIER.

Il eſt à vous auſſi Madame.

LE VIEILLARD.

Plaît-il.

LE NOURICIER.

Hé mais, puiſque je ne ſçavons auquel
il eſt , vous y avez chacun la moitié.

LE VIEILLARD.

Ce coquin.

LE NOURICIER.

Ne vous fâchez point, & je m'en vas
vous conter tout cela, quou n'y connoitrais
goutte.

LA VEUVE.

Explique-nous au moins ce qui rend
l'affaire obſcure.

LE NOURICIER.

Ce qui fait l'obſcur, Madame, c'eſt la
petite verolle, car quand la petite verolle
s'adonnit cheux nous , ma femme l'eut qu'à
n'en voyoit goutte. Vos deux petites filles
l'eurent qu'on les défiguroit l'eune d'avec l'autre, car nôtre étourdie de ſervante en les
re muans

remuant, les brouïllit toutes deux sans s'en a-
percevoir, tantia qu'il en mourut eune, ma
femme quand ale revit claire ne vit plus sur
le visage de l'autre les étiquettes de la res-
semblance, pour voir laquelle c'étoit, & vous
même qui ne les avez jamais veuës, vous
n'y verais goute non plus.

LE VIEILLARD.

Ce que je vois clairement, c'est que
vous êtes un fripon, & que pour avoir double pension, vous avez caché la chose.

LE NOURICIER.

Je l'ai fait en conscience, Monsieur, car
c'est que j'attendois que l'enfant fut en âge
de raison, afin qu'al eut la raison de vous
dire qui est son pere & sa mere.

LE VIEILLARD.

Quel animal, un enfant se souvenir du
moment qu'il est né !

LE NOURICIER

Ha ha, vous me faites apercevoir que je
suis un sot.

LE VIEILLARD.

Un sot qui a pris l'argent.

LE NOURICIER.

Mais, est-ce ma faute, si je suis une bête,
je n'y serai pu attrapé, car quand je prendrai deux petites nourissonnes ensemble, je
les prendrai mâle & femelle.

LE VIEILLARD.

Ne nous amusons point avec ce misera-
ble.

LE NOURICIER.

Accomodez-vous donc tous seuls, car ni

E

a queune fille à vous tretous, je n'en ai pas
d'autres à vous donner.

SCENE XIV.

LE VIEILLARD, LA VEUVE, LA FEMME DU VIEILLARD.

LA VEUVE.

IL faut voir si la nourice ne nous donnera point d'autres lumieres.

LA FEMME DU VIEILLARD.

La nourice m'a conté la chose ainsi mot
pour mot & l'affaire me paroît obscure.

LE VIEILLARD.

L'affaire est obscure pour vous, Madame, mais je trouverai moi cent manieres
de l'éclaircir claires comme le jour, par exem-
ple, n'y a t-il pas des devins.

LA VEUVE.

Monsieur a raison, n'y a-t-il pas des ti-
reurs d'horoscope, s'ils disent que la petite
fille n'a plus de pere, c'est la mienne, cela
est clair.

LA FEMME DU VIEILLARD.

Il faudroit des preuves plus serieuses &
plus certaines pour une décision de cette im-
portance.

LE VIEILLARD.

Allons conferer ensemble, Madame, des moyens que nous choisirons.

LA VEUVE.

Entrez toûjours, Monsieur, j'ai un mot à dire à mon neveu que je viens d'apercevoir.

SCENE XV.

LE VIÉILLARD , LA FEMME DU VIEILLARD.

LE VIEILLARD.

JE viens de l'apercevoir auffi, Madame, & il vous regardoit avec des yeux… Ce Valere a dans la phifionomie quelque chofe de funefte pour moi, & le rêve que j'ai fait… mais ne parlons aprefent que de la petite fille, j'en veux voir la verité.

LA FEMME DU VIEILLARD.

Vous ne verrez jamais que des fantômes,

ACTE III.

SCENE PREMIERE.

ANGELIQUE, VALERE, TOINETTE *les bras croisez entre les deux.*

ANGELIQUE.

NOn, Valere, non, je ne puis me vaincre là dessus, & quelqu'estime que j'aye pour vous, si vous étiez riche, & que je ne la fusse pas, j'aurois peine à me resoudre à vous devoir ma fortune.

VALERE.

Je conviendrai avec vous qu'il y a plus de plaisir à tout donner ; mais il y a peut-être plus de délicatesse, à vouloir bien devoir tout à ce qu'on aime.

TOINETTE.

Vos délicatesses m'ennuyent, vous avez l'un pour l'autre de petits sentimens deliez

TOINETTE.

minces, on voit le cœur à travers, raisonnons
un peu plus solidement.

ANGELIQUE.

Je raisonne comme je pense.

TOINETTE.

Ecoutez-moi, l'aventure d'aujourd'huy
vous donne occasion d'accorder ensemble la
bagatelle & le solide, vous ignorez encore
qui de vous deux sera le plus riche, vôtre
sort dépend de ce qui sera decidé sur la petite fille, en attendant la décision vous joüez
gros jeu, mais vous avez jeu égal, composez,
& promettez-vous l'un à l'autre, que celui de
vous deux qui aura une succession, la partagera
avec ce qu'il aime, quelque chose qui arrive
vous n'aurez rien à vous reprocher.

VALERE.

Elle a raison, cet accomodement termi-
ne nôtre dispute

ANGELIQUE.

Je vois encore un grand obstacle, c'est
la jalousie bigeare que mon oncle a conçuë
contre vous.

SCENE II.

ANGELIQUE, VALERE, TOINETTE, LE VIEILLARD, LA FEMME DU VIEILLARD.

TOINETTE.

LE voici, éloignez-vous.

SCENE III.

LE VIEILLARD, LA FEMME DU VIEILLARD, TOINETTE.

LA FEMME DU VIEILLARD.

ENfin, Monsieur, puisque vous êtes convenu avec la veuve de cette maniere d'accomodement, satisfaites-vous.

LE VIEILLARD.

Fort bien, mais vous ne me repondez point sur Valere, Madame, je vous dis que Valere n'a qu'à se resoudre à ne voir jamais Angelique.

TOINETTE.

Jaloux de vôtre femme, jaloux de vôtre niéce, ne l'êtes vous point de moi aussi Monsieur.

LE VIEILLARD.

J'ai cent raisons pour haïr cet homme-là, premierement, j'ai tiré sa figure, & j'ai vu dans les lettres de son nom, qu'il seroit mon fleau, & cela joint au rêve que je fis la nuit que nous couchâmes à Lyon.

LA FEMME DU VIEILLARD.

Contez-nous-donc enfin cette chimere.

LE VIEILLARD.

Il n'y a point de chimere; car en dormant je vous vis comme je vous vois vous promenant avec un jeune homme dans un bois.

TOINETTE.

Ce bois étoit dans vôtre tête.

LA FEMME DU VIEILLARD.

C'est donc-là ce qui vous fit reveiller comme un furieux.

LE VIEILLARD.

Ce n'est pas être trop furieux de ne vous avoir rien dit, & quand on a des certitudes aussi grandes...

TOINETTE.

Que celle d'un songe.

LE VIEILLARD.

Mais ce n'est pas tout; car je vis dans

ce même fonge, un lyon & un chat noir, &
Noftradamus dit, que quand le lyon & le
chat, j'ai oublié la centurie, mais il eft clair
qu'elle a été faite pour moi, car un lyon,
c'étoit en arrivant à Lion, & un chat, c'eft
une trahifon de femme, il ne faut point
hauffer les épaules, car le lendemain, je
fus tout étonné que Valere reffembloit à ce
jeune homme qui étoit avec vous dans ce
bois.

LA FEMME DU VIEILLARD.

Il faut avoir bien de la patience pour
écouter vos rêveries.

LE VIEILLARD.

N'en parlons plus ma femme, je veux
bien tout oublier, je vous pardonne.

LA FEMME DU VIEILLARD.

Comment donc, vous me pardonnez?

LE VIEILLARD.

Enfin vous me dittes que cela n'eft pas
vrai, cependant mon fonge m'a dit le contraire, & les fonges font plus vrais que les
femmes, & ils trompent moins.

SCENE IV.

LE VIEILLARD, LA FEMME DU VIEILLARD, TOINETTE, LA VEUVE.

LA VEUVE.

LA nourice & le nouricier nous vont amener la petite fille, je vous sçai bon gré
d'avoir imaginé le premier un moyen seur
d'éviter un procez où les Juges seroient fort
embarassez.

LE VIEILLARD.

Oüi Toinette, j'ai imaginé un moyen
seur pour connoître quelle est la mere de
la petite fille.

LA VEUVE.

Nous nous en tiendrons au jugement d'un
Juge infaillible, c'est l'instinct naturel
qui se trompe moins que tous les raisonne-
mens, & que la raison même.

LE VIEILLARD.

Ce qui est dit est dit, celle des deux meres que la petite fille reconnoîtra pour sa
mere, la sera réellement, & il n'y a rien de
plus seur.

SCENE V.

VALERE, LE VIEILLARD, LA FEMME DU VIEILLARD, TOINETTE, LA VEUVE, LA PETITE FILLE, LA NOURICE, LE NOURICIER.

LE NOURICIER.

GAre gare vla l'inſtinct qui vient, vla l'inſtinct qui vient, ne faut pas que perſonne diſe rien, pour que l'inſtinct parle tout ſeul.

LA PETITE FILLE.

Je ferme les yeux bien fort, bien fort, pour ne point voir tous mes papas & toutes mes mamans que quand vous me dirais, c'eſt fait comme à la climuſſerte.

LA NOURICE.

Vous pouvez ouvrir les yeux, mais ne tournez pas la tête qu'on ne vous le diſe, & regardez-les tous bien long-tems, bien long-tems avant que de parler.

LA PETITE FILLE.

Vous me l'avez dit déja, afin de voir si je sentirai remuer la dedans mon papa & maman.

LE NOURICIER.

Oüi & aprés, tout ce qu'a dira sera vrai, car j'en ai tant vû comme ça à Paris des petites filles aux enfans trouvez, qui difent, vla papa, vla maman, & ils n'en manquent pas un, cela est admirable.

LE VIEILLARD.

Nous allons être jugez.

LA VEUVE.

Regardez bien la belle enfant, quelle est jolie.

TOINETTE.

Vous corrompez le Juge.

LA VEUVE.

Je suis seure qu'elle va courir à moi.

LA PETITE FILLE.

O point, mais, je sens déja... ah c'est celle-là qui est ma belle maman.

LA FEMME DU VIEILLARD.

Regardez-bien au moins, car vous vous trompez peut-être.

LA VEUVE.

Oüi, car les premiers mouvemens sont trompeurs.

LA PETITE FILLE.

Oüi, c'est vous qui êtes ma vraye maman.

LE VIEILLARD.

En faut-il davantage, il n'y a que les premiers mouvemens qui soient vrais, parce qu'ils font naturels, viens ma fille, viens embraſſe ton papa.

LA PETITE FILLE *repouſſant le Vieillard.*

Fi, fii.

LE VIEILLARD.

C'eſt moi qui ſuis ton papa, car je ſuis le mari de ta maman.

LA PETITE FILLE.

Ca ne fait rien, car tenez, c'eſt celui-là qui eſt mon vrai papa.

LE VIEILLARD..

Que vois-je. Ah c'en eſt trop.

LA FEMME DU VIEILLARD.

Vous voyez la fauſſeté de vos idées ; vous ajoutez foi à des viſions.

LA PETITE FILLE.

Baiſez moi donc mon vrai papa.

VALERE.

Vous êtes une petite ſotte, voila vôtre pere.

LA VEUVE.

Je vous dis qu'elle ſe trompe en mere comme en pere, *bas,* venez me parler à moi, je vous donnerai tant de bonbons.

LA PETITE FILLE.

Je vous dis que ce n'eſt pas vous qui êtes ma man, vous êtes trop laide & trop vieille.

LA VEUVE

Ah la petite malheureuſe, c'eſt une petite fille ramaſſée, je vous la laiſſe Monſieur, je vous la laiſſe.

SCEN

SCENE VI.

LE VIEILLARD, LA FEMME DU VIEILLARD, VALERE, LE NOURICIER, LA NOURICE, LA PETITE FILLE.

LE VIEILLARD.

JE n'en veux point, Madame, je n'en veux point, je renonce à la fille & à la mere.

LA FEMME DU VIEILLARD.

Oh c'en est trop aussi, ma patience est à bout.

SCENE VII.

LE VIEILLARD, VALERE, LE NOURICIER, LA NOURICE, LA PETITE FILLE.

LA PETITE FILLE *elle court à Valere & Valere s'enfuit, elle le suit, & la nourice la suit aussi.*

AH le méchant papa, j'aime bien mieux l'autre, je m'en vais le chercher.

SCENE VIII.

LE VIEILLARD, TOINETTE, LE NOURICIER.

LE VIEILLARD.

NOn je n'en reviendrai jamais, je suis convaincu, j'ai vû de mes propres yeux.

Ecoute Nouricier, si tu veux gagner de l'argent, il n'y a qu'un mot, j'ai apresent cette petite fille-là en horreur, il faut que tu rende témoignage qu'elle est à la Veuve, & qu'elle n'est point à moi.

LE NOURICIER.

Hé mais Monsieur, si vous le voulez je ferai qu'à n'y sera pas, & qu'on verra ça clair comme si il faisoit clair de leune.

LE VIEILLARD.

Si tu nous donne cet éclaircissement, je te promets cent louis d'or que j'ai sur moi.

LE NOURICIER.

Vou promettez, c'est beau & bon, mais si vous vouliais mettre au jeu, & que Mademoiselle Toinette garde les enjeux, car c'est que je n'aurai jamais l'esprit de vous les dse

E iij

mander quand j'aurois tout dis:

LE VIEILLARD.
Les gens bêtes sont toûjours méfians.

LE NOURICIER.
Excusez la bêtise.

LE VIEILLARD.
Tiens Toinette, tiens, je te remets ma bourse entre les mains, tu la lui donneras en cas qu'il prouve clairement que la petite fille n'est pas la mienne.

LE NOURICIER.
Allez dans la salle, je m'en vas chercher quelque brimborions de papier qu'il faus pour ça.

LE VIEILLARD.
Je te laisse.

SCENE IX.

LE NOURICIER, TOINETTE.

TOINETTE.

Comment feras-tu donc pour gagner ces cent loüis là, est-ce-que la chose est vraye, ou si tu la feras croire vraye quoi-qu'elle soit fausse, parle-donc, pourquoi ne m'as-tu pas dit ce secret.

LE NOURICIER.

C'est que je ne dis jamais mes secrets qu'à
mesure que ça me profite, vous avez déja
de l'argent, je m'en vas vous en faire bail-
ler encore, & je partagerons.

SCENE X.

TOINETTE *seule.*

Quel est donc son dessein, je n'y com-
prends rien,

SCENE XI.

TOINETTE, ANGELIQUE.

ANGELIQUE.

AH Toinette je suis desolée de toutes les
manieres, voilà mon oncle entêté d'une
jalousie si violente, qu'il veut absolument se
separer d'avec sa femme, elle est outrée de

deſeſpoir, elle a pris mes interêts avec tant
de generoſité, que je ſuis touchée de ſon
malheur, autant qu'elle même, mon oncle
eſt un homme à ne revenir jamais de ſes
ſoupçons, ah ma pauvre Toinette il ne reviendra jamais, non plus que de la haîne
qu'il a conçuë contre Valere.

TOINETTE.

Je ne vois point de remede à cela, tenez qu'eſt-
ce que le Nouricier negocie-là avec la Veuve, Valere eſt avec eux.

S C E N E XII.

TOINETTE, ANGELIQUE,
LA VEUVE, VALERE.

*Le Nouricier & la Veuve ſe parlent bas en
marchant.*
*Ils laiſſent avancer la Veuve, Valere & le
Nouricier qui ne les voyent point.*

LE NOURICIER.

N'Ayez pa peur Madame nya point de
mal de tout dire devant Mademoiſelle
Toinette.

LA VEUVE.

Je veux bien mettre la bague entre les

mains de mon neveu, puisque tu ne te fies
pas à ma parole.

LE NOURICIER.

Je vous demande excuse, mais c'est mon
naturel d'être comme-ça craintif.

VALERE

Cette bague vaut cent pistoles, je te la re-
metterai entre les mains en cas que tu prou-
ves ce clairement que tu nous promets.

ANGELIQUE.

Peut-on sçavoir, Madame, de quoi il est
question.

SCENE XIII.
& derniere.

VALERE, LA VEUVE, LE NOURICIER, LE VIEIL-LARD, LA FEMME DU VIEILLARD.

LE VIEILLARD.

JE viens voir Madame si vous voulez que
nous fassions un accomodement avant que
de nous quitter.

LA VEUVE.

Voyons l'accomodement que vous vou-
ez faire.

LE VIEILLARD.

Voulez-vous nous en rapporter à ce que nous diront la Nourice & le Nouricier.

LA VEUVE.

Trés volontiers.

LE VIEILLARD.

Il faut signer que nous nous en tiendrons à leur décision.

LA VEUVE.

Je le veux bien, mais il n'y a point ici de Notaire.

LE VIEILLARD.

Il faut emmener avec nous à Paris le Nouricier, la Nourice & la petite fille, & là nous choisirons un arbitre, un homme de tête.

LE NOURICIER.

N'i a que faire d'aller à Paris pour chercher un homme de tête, vla-t-il pas la mienne, je vas vous arbitrager tout seul, comme si j'étois quinze.

LA NOURICE.

Tu vas donc prononcer leur sentence.

LE NOURICIER.

Je vas leux dire tou comme ça est, ne le veux-tu pas bien, je m'en vas parler avec les papiers.

LA NOURICE.

Quels papiers sont ça donc.

LE NOURICIER.

Ces papiers-là c'est les certifications du Curé & du Tabellion, comme vos deux petites filles ont été enterées toutes les deux à nôtre Paroisse.

LA NOURICE.

Cela est vrai, & pour faire ma petite fille Bourgeoise, je fimes le stratagême.

LE NOURICIER.

Oüi la petite fille est du cru de ma femme, & je n'y avons pas nui.

LE VIEILLARD.

Voyons ces certificats.

VALERE.

Il a fait ce qu'il a promis, la bague est à lui.

TOINETTE.

Qu'est-ce-donc Monsieur, est-ce que cela n'est pas dans les formes.

LE VIEILLARD.

Il n'y manque rien, mais je songe à demander pardon à ma femme de l'injure que je lui ai faite.

LA FEMME DU VIELLARD

Ce faux instinct de la petite fille vous guerira peut-être de vos superstitions.

LA VEUVE.

Je suis ravie que Madame soit justifiée.

ANGELIQUE.

Vous avez aussi offensé Valere, mon oncle ?

VALERE.

Reviendrez-vous de vos préventions contre moi ?

TOINETTE.

Il faut les marier au plus vîte, afin qu'ils accomplissent le rêve de Monsieur.

LE VIEILLARD.

J'y consens, mais pour punir ce maraut

de Nouricier, qui nous a atrapé nôtre argent, il payera les frais de la nôce, car
nous souperons chez lui.

LE NOURICIER chante.

Jean n'est pas niais.

Vous souperez chez nous,
Servis par Maturine.
Bon vin & bonne chere, mais
Jean n'est pas niais.

Il me vient un instinct,
Margué je le devine,
Ces Messieurs payeront les frais,
Jean n'est pas niais.

FIN.

APPROBATION.

J'Ay lû par ordre de Monsei-
gneur le Chancelier, *le Faux
Instinct, Comedie*, & j'ai crû que
l'impression n'en seroit pas
moins agréable au Public, que
ne l'a été la representation. Fait
à Paris ce 27. Septembre 1707.
FONTENELLE.

Paris, l'autre tiers audit expofant, & de tous dépens, dommages & interêts, à condition que l'impreffion s'en fera dans nôtre Royaume & non ailleurs & ce en bon papier & beaux caracteres, conformément aux Reglemens de la Librairie, & qu'avant d'expofer le Livre en vente, il en fera mis deux exemplaires dans nôtre Bibliotheque publique, un dans le Cabinet des Livres de nôtre Château du Louvre, & un dans celle de nôtre trés-cher & Feal Chevalier, Chancelier de France, le Sieur Phelipeaux Comte de Pontchartrain, Commandeur de nos Ordres, & que ces Prefentes feront regiftrées és Regiftres de la Communauté des Imprimeurs & Libraires de Paris, le tout à peine de nullité des Prefentes, du contenu defquelles vous mandons & enjoignons de faire joüir l'Expofant, ou fes ayans caufe pleinement & paifiblement, Iceffant & faifant ceffer tous troubles ou empêchemens contraires : Voulons que la copie des Prefentes qui fera imprimée au commencement ou à la fin dudit livre foit tenuë pour duëment fignifiée, & qu'aux copies collationnées par l'un de nos amez & feaux Confeillers & Secretaires, foi foit ajoutée comme à l'Original : Commandons au premier nôtre Huiffier ou Sergent de faire pour l'execution des prefentes toutes fignifications, défenfes, faifies & autres actes requis & néceffaires, fans demander autre permiffion ; & nonobftant Clameur de Haro, Charte Normande & Lettres à ce contraires. CAR tel eft nôtre plaifir. Donné à Verfailles le dixfeptiéme jour de Mars, l'an de grace 1703. & de nôtre regne le foixantiéme, Signé, Par le Roi en fon Confeil, LE COMTE. Et fcellé du grand Sceau de cire jeaune.

Et ledit Sieur RIVIERE a cedé fon droit de Privilege à PIERRE RIBOU, fuivant l'accord fait entre eux.

Regiftré fur le Livre de la Communauté des Libraires & Imprimeurs, conformément aux Reglemens. A Paris le 2. Avril 1703.
Signé P. TRABOUILLET, Syndic.